나에 관한 연구

안나 회글룬드 글·그림 ● 이유진 옮김

우리학교

ATT VARA JAG

by Anna Höglund

이유를 알아야겠다.
그냥 나답게 살고 싶을 뿐인데, 왜 이리 많은 걸 생각해야 하지?
이 복잡한 느낌은 내 안에서 생겨나는 걸까?
아니면 나 아닌 누군가, 어떤 시선, 내 밖에서 비롯되는 걸까?

한국 독자들에게

열네 살 즈음이었을 거예요.
그때 저는 제 자신에게 필요한 책을 만들려고 노력했지요.
이 책은 그 시절의 저로부터 태어난 이야기랍니다.
로사를 여러분에게 소개합니다.
야무진 이 소녀가 여러분과 자신의 생각을 나누게 되어
무척 반갑고 기뻐요.

희망찬 인사를 전하며,
안나 회글룬드

차례

1
순결

참 쭈글쭈글하고 이상하게 생겼다.

저 작은 구멍에서 어떻게 아기가 나올 수 있을까? 처녀가 아니라면 구멍이 더 커질지도 모른다. '처녀'는 무죄라는 말처럼 들리기도 한다. 그럼 성관계를 한다는 건 죄를 짓는 걸까? 어쨌든 성관계는 절대 안 할 거다. 그 축 늘어진 게 내 안에 들어온다니, 생각도 하기 싫다. 어떻게 그런 걸?

언니는 나에게 말한다. "때가 되면 너도 알게 될 거야."라고. 하지만 언니가 집에 데려오는 쓰레기 같은 놈들을 생각해 보면 썩 믿을 만한 말은 아니다. 내게 남자 친구가 생긴다면 빌레 같은 남자면 좋겠다.

18.59

꼭 아이를 낳아야 한다면 병원에서 인공수정을 할 생각이다. 하지만 서로 부벼 대고, 키스도 하고 싶다. 그럴 수 있을 때까지 기다리기가 힘들다. 빌레랑 말이다. 맙소사! 차라리 여자를 사귀는 게 나으려나. 아니면 양성애자로 살아가거나. 흠, 이건…… 좀 더 생각해 봐야겠다.

한 가지는 확실하다. 굽 높은 언니 부츠를 빌려 신고, 몸에 딱 붙는 배꼽티까지 입고 나가면 많은 남자가 나를 쳐다본다. 처음에는 좀 재미있고 심장도 쫄깃해지는 느낌이었다. 이를테면, 파워-업 되는 기분이랄까. 빌레를 만나면, 빌레도 나를 그렇게 쳐다볼까? 하지만 유감스럽게도 나이 많은 아저씨들도 나를 빤히 본다. 그 아저씨들은 뭐라 뭐라 말을 한다. 다른 사람의 눈을 통해 내가 나를 보는 듯하다.

그런 다음에는 화가 난다.

아니, 더 정확히 말하면 슬퍼진다. 내 몸이 내 것이 아니라는 느낌이 드니까. 아저씨들이 그런 눈빛으로 내 몸을 쳐다보는 것이 싫다. 왜 나는 내가 원하는 대로 옷도 못 입는 건데?

두려워해야 할 일이 왜 이리 많을까? 항상 조심하면서 살아야 하고, 밤에 혼자 공원에 가는 것도 꺼려진다. 모르는 사람들이 길 가다 툭툭 내뱉는 역겨운 말을 왜 들어야 하지? 그 사람들은 자신이 그딴 식의 말을 해도 괜찮다고 생각하나? 마치 짐승처럼, 여자를 사냥감 다루듯이 행동하는데 도대체 사냥철은 언제 끝나는 걸까?

주변에 싸돌아다니는 노출증 환자들과 소아성애자로는 턱도 없는 모양이다. 제대로 된 사람으로 대접받는 데 나이가 반드시 필요한가?

때론 내가 못생겼으면 좋겠다. 아니, 사실은 예쁜 사람으로 사는 일을 거부하고 싶다. 아빠의 흉측한 신발을 신고, 엄마도 입으려 하지 않는 원피스 작업복에 넝마 같은 카디건을 걸치고 학교에 가더라도 빌레가 나를 좋아해 주면 좋겠다. 내가 그렇게 옷을 입을 수 있기 때문에 빌레가 더 좋아해 주면 좋겠다. 그런 옷을 입을 때, 얼마나 자유로운 기분을 느끼는지 아무도 이해하지 못할 거다. 사람들 눈에는 그저 흉한 몰골로만 보이겠지.

남자들은 다 똑같은 것 같다. 하지만 빌레는 아니다. 물론, 애석하게도, 빌레도 파티마의 왕 가슴을 자주 힐긋거린다. 모든 남자들이 그런 것처럼. 내 가슴은 뽕브라를 해도 눈에 띄지 않는다. 우리 반 여자애들 대부분이 뽕브라를 한다. 하지만 이젠 뽕브라를 하지 않아야겠다. 몸에도 안 좋고, 불편하니까.

가슴에 자유를!

누구든 학교에서는 자기를 드러내면 안 된다. 너무 못생겨도, 너무 똑똑해도, 너무 모자라도, 성격이 너무 괄괄하거나 너무 명랑해도, 그 어떤 것도 안 된다. 파티마처럼 너무 예쁘면 절대 안 된다. 그러면 '백치 미녀'로 찍힌다. 파티마는 사실 착하고 똑똑한 아이인데.

롤로, 파티마와 같은 반이 되기 전에는 정말 사는 게 끔찍했다. 아만다와 클라라가 갑자기 나를 쌀쌀맞게 대했기 때문이다. "로사, 넌 너무 지나쳐." 그 둘은 줄곧 그렇게 말했다.

아만다와 클라라는 더는 나와 아무것도 하고 싶어 하지 않았다. 나는 집에서 혼자 인스타그램을 보는 게 다였다. 둘이, 그 둘만이 얼마나 재미있게 잘 지내는지 대놓고 보여 주는 사진들을.

내가 교실에 들어서면서 반갑게 인사해도 그 둘은 못 본 척했다. 내가 어떤 말을 하더라도 못 들은 척했다. 참다 못해 화를 내고 말았는데, 그러자 나는 상대하기 힘든 사람으로 찍혀 버렸다.

"뭔 소리야? 우리가 뭘 어쨌다고?" 그러고는 온종일 나를 잡아먹을 듯이 노려봤다.

한번은 선생님에게 고민을 털어놓았다. 선생님은 내 행동에 문제가 없었는지 생각해 보라고 했다. 결국 나는 모든 일에 불확실한 느낌이 들었다. 완전히 발가벗겨지는 기분이었다.

멋있어지려고 머리를 한쪽만 잘랐는데 그냥 괴상망측해 보일 뿐이었다.

이제 나는 아만다와 클라라가 정말 못된 애들이라고 여긴다. 언제나 모든 생각은 내가 해야 했다. 그 둘은 속내를 절대로 드러내지 않았다. 그저 죽치고 앉아 남자애들에 대해 수다나 떨어 댔다.

파티마와 롤로는 훨씬 더 재미있는 친구들이다. 파티마가 자신에게 들러붙는 남자애들을 단호하게 거절한다면 진짜 더 멋질 것 같다. 남자애들은 각설탕에 들러붙는 파리 떼 같다. 나는 파티마가 그런 식으로 연기하고 미소 짓지 않으면 좋겠다. 나는 그렇게 보이고 싶지는 않다. 하지만 파티마처럼 되지 못하는 나 자신이 속상하기도 하다. 세상에 없는 사람이 된 것 같아서.

파티마는 남자애들이 야단법석 떨며 들러붙는 그 꼴이 정말 재미있다고 생각하는 걸까? 그냥 예쁘고 귀여운 여자아이가 되길 원하는 걸까? 웃지 않으면 남자애들에게 인기가 떨어질 거라고 생각하나? 어쨌거나 나와는 거리가 먼 이야기다. 내가 아무리 왕 가슴이어도 남자애들은 나를 못된 년이라고 생각하겠지.

뭐, 크게 신경 쓰지는 않는다. 남자애들은 그냥 다 머저리다. 그리고 이 세상은 자그마한 학급보다 더 크다.

롤로에게 새로 꾸민 스타일 인증샷이나 보내야겠다.

가끔 나는 나로 사는 게 너무 피곤하다. 하지만 어떤 존재로 살고 싶은지는 모르겠다.

학년이 올라가면서 남자로 살고 싶었던 적도 있다. 사는 게 더 쉬울 것 같았기 때문이다. 남자애들은 잘못을 저지르고도 실수라고 하면 그만이었다. 여자와 관련 있는 건 왜 죄다 약해 빠진 걸까? 이를테면 나는 절대로 학교에 치마를 입고 가지 않았다. 치마를 입는 일은 홀랑 벗고 다니는 것만큼이나 끔찍했다.

사실 나는 내가 무엇을 부끄러워했는지 제대로 알지 못한다. 그러나 단단히 박힌 그 감정 속에는 무엇인가 있다. 냄새, 미치도록 달달하고, 조금은 역겨운 냄새처럼.

2
나는 다른
상상을 한다

나는 생각해야 한다. 왜 이러한 감정이 드는지. 분명히 이유가 있을 것이다.

"로사, 설거지 좀 해라." 엄마가 말한다.

그럴 힘이 없다. 요즘 나는 사춘기다. 하지만 이 말을 뱉고 나면 내 모든 것을 그 이유 하나로 단정 짓는 느낌이다. 되도록 이런 감정에서 벗어나는 상상을 하고 싶다. 그렇지 않으면 내가 진실이라고 믿는 것들을 생각해 내기 시작할 거다. 내가 얼마나 무가치하고 어리석으며 흉한 인간인지에 대해. 하지만 나는 늘 그렇듯 엄마 아빠의 푸념을 들을 뿐이다.

"나, 팬티 있나?"

아빠는 오늘도 옷장을 뒤진다. 그럴 때마다 엄마는 미치기 일보 직전이다.

"당신 팬티가 있는지 정말로 나한테 묻는 거야? 몰라서 물어?"

여자도 남자도 아닌, 나 자신으로 살고 싶다.
그저 나로, 끈적거리게 달라붙는 감정 없이.

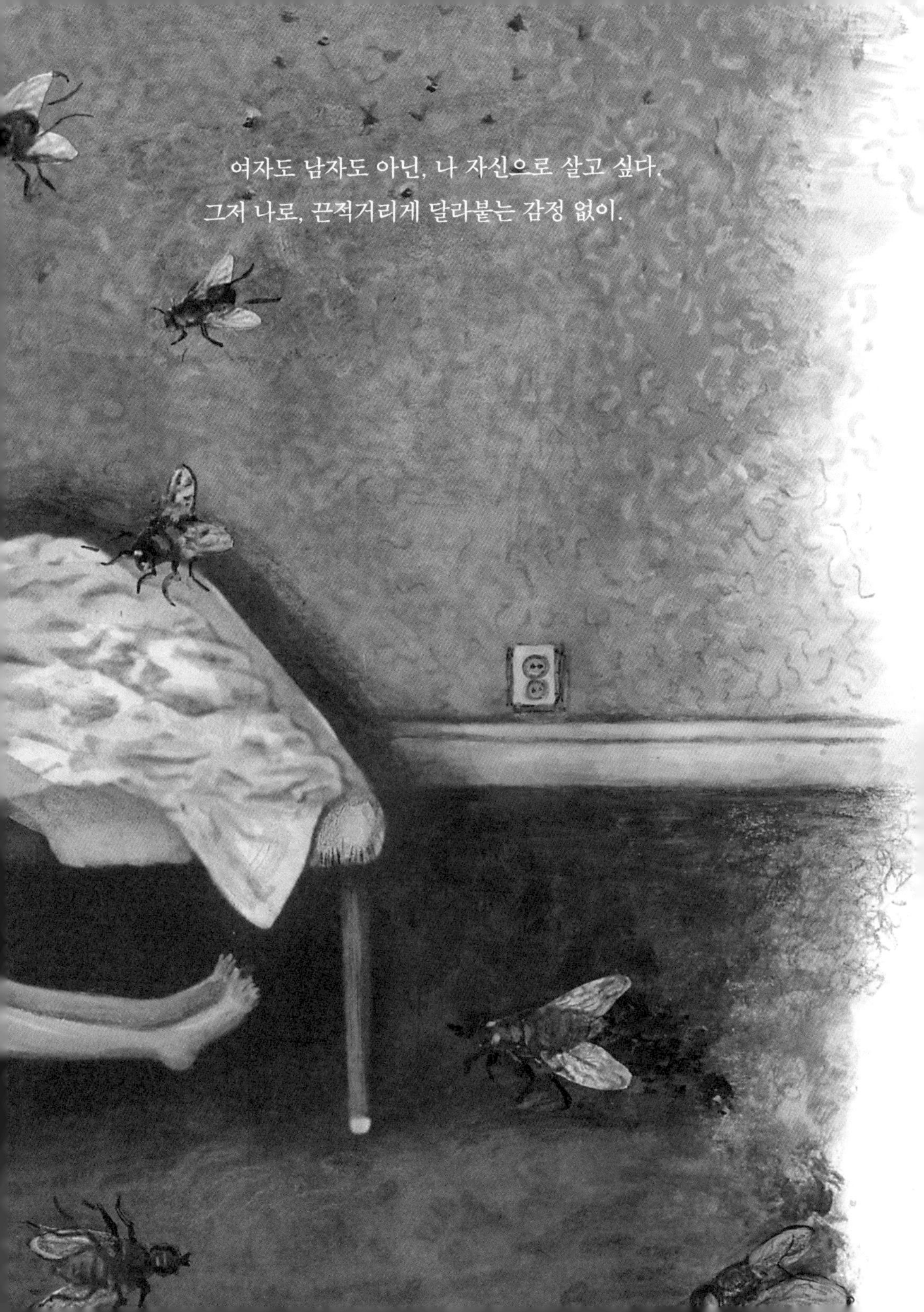

“나는 종일 직장에서 일했고, 퇴근해서는 장을 봤고, 청소를 했고, 빨래를 갠 다음 요리를 했어. 이제는 다른 사람이 일을 해야 해. 나만 뒤치다꺼리하는 건 온당하지 않아.” 엄마가 말한다.

“그렇지 않아요.” 하고 내가 말한다. “아무도 엄마에게 강요하지 않아요.”

“로사, 설거지 좀 하렴.”

설거지는 아빠도 할 수 있을 텐데. 그렇지만 아빠는 아무 일도 안 한다.

“내가 할게.” 아빠가 말한다. “나도 늘 애써 일한다고.”

“이따 제가 할게요.” 내가 말한다. “지금 중요한 걸 하고 있어서요.”

인터넷에서 '사춘기'를 검색하면 이렇게 나온다.

먼저 호르몬이 손발의 성장에 착수한다.

맙소사!

인간은 기본적으로 같은 호르몬을 갖고 있지만 남녀가 각자 더 많이 갖고 있는, 서로 다른 성 호르몬이 있다. 에스트로겐이 더 많으면 월경을 한다.

파티마는 오래전에 월경을 시작했다. 그런데 그 사실을 부끄럽게 생각하는 것 같다. 나는 오히려 아직 월경을 안 하는 게 부끄러운데. 몸에 이상이 있는 걸까? 나도 월경을 해서 '정상인'이고 싶다.

가방에 생리대를 가지고 다닌 적도 있다. 월경을 하는 것처럼 보이고 싶어서.

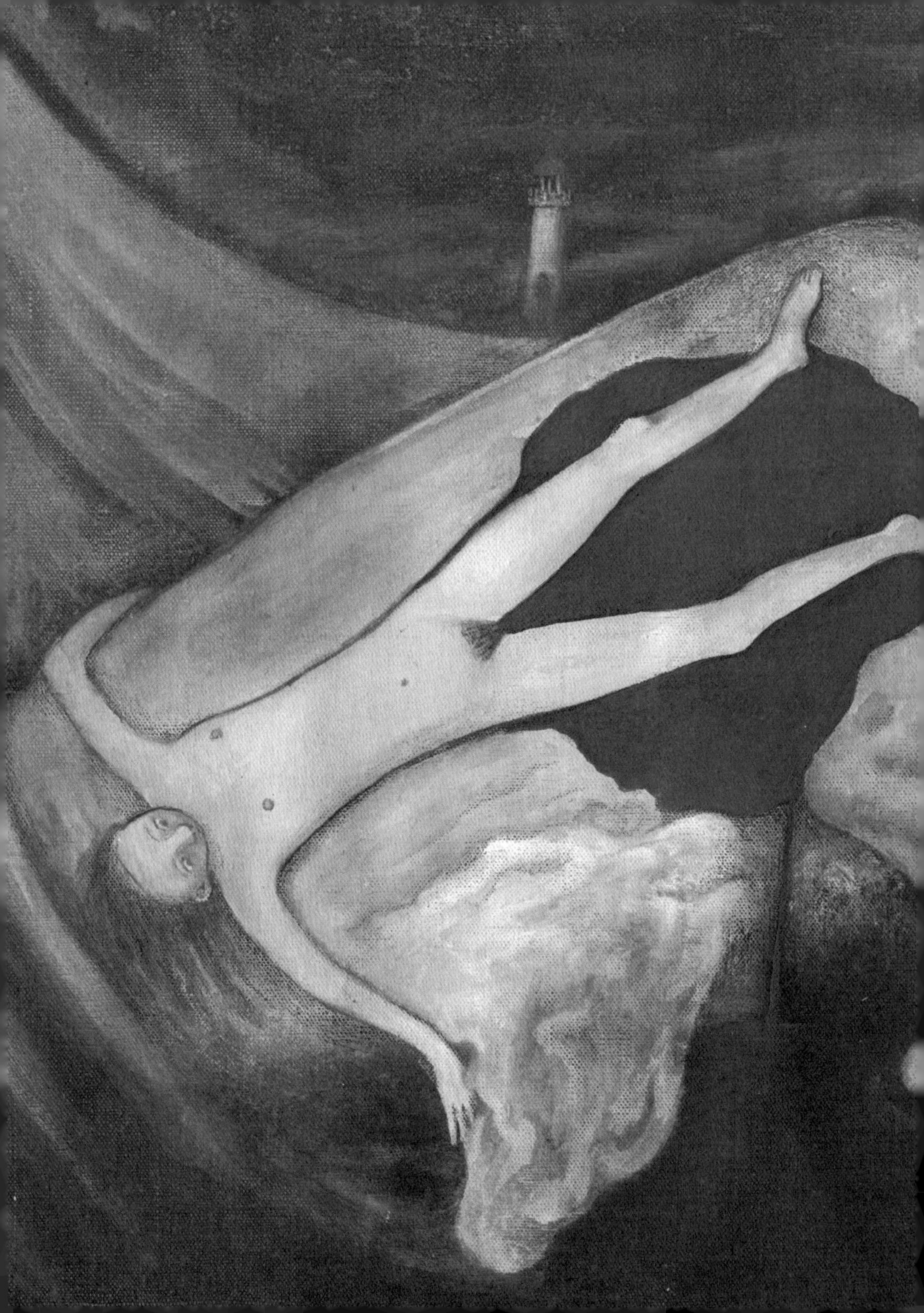

한편으론 월경이 끔찍한 것도 같다. 피가 멎지 않는다고 생각해 봐. 한밤에, 눈뜬 채로 피 흘리며 죽어 갈 거야.

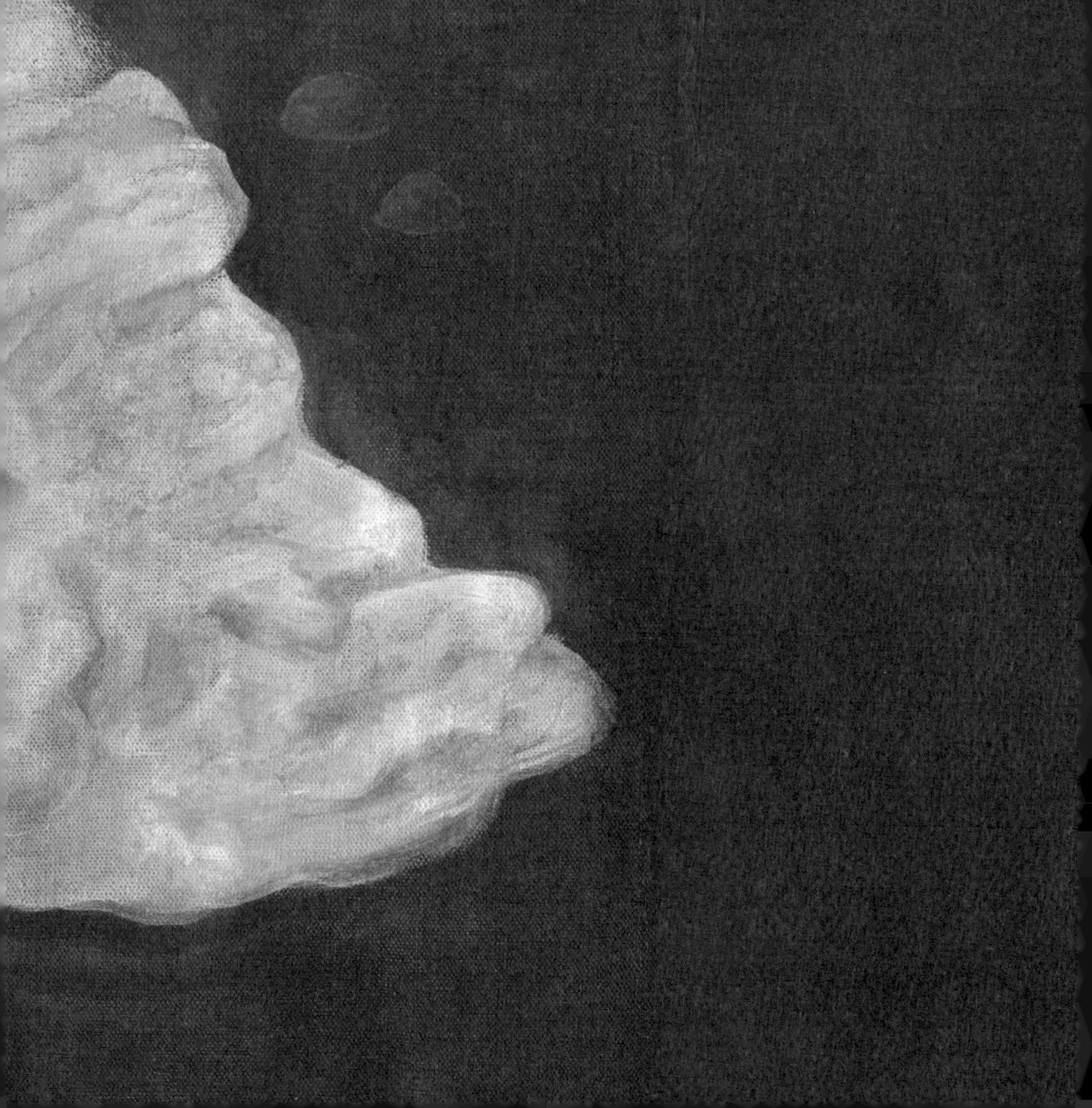

나는 계속 읽어 내려간다.

남자아이가 사춘기에 접어들면 테스토스테론이라는 호르몬 분비가 증가한다. 테스토스테론은 남성에게 비현실적일 정도로 과한 자신감을 갖게 한다. 남성은 실제 능력치보다 자신의 능력치가 더 높다고 믿는다. 이 점은 남성이 위험을 감수하게 하는데, 실패가 이어지더라도 남성의 끈기를 키워 주면서, 넘치는 자신감을 갖게 한다. 따라서 여성은 남성보다 판단력이 더 높더라도 자신감은 훨씬 낮다.

세상에, 이렇게 부당하다니! 하지만 이렇단다.

테스토스테론은 아이를 돌보거나 음악을 듣는 남성에게는 줄어든다. 즉, 남성의 공격성이 감소하게 된다. 그러므로 더욱 단결하는 것, 팀을 이루어 겨루고 서로를 격려하는 것이 여성에게 좋다.

사람이 무엇을 하는지가 남녀 간의 차이를 만든다는 사실을 이 자료는 입증한다. 지금 아빠는 텔레비전 앞에서 코를 골고 있다. 내가 설거지를 해서 다행이다. 그렇지 않으면 엄마 기분이 더 안 좋아질 거다.

그래, 해결책을 찾아낸 것 같다! 나는 경쟁을 좋아하지 않고 운동은 더더욱 싫어하지만 그래도 해 볼 만하다. 효과가 있을 거라고 본다. 남자는 그들 나름대로 다른 시도를 할 수 있겠지.

한 가지 일을 골똘히 헤아리다 보면, 내가 생각하고 있는 일과 관련된 대상들의 소리가 들려온다. 보이지 않는 세계에서 온 메시지를 받는 느낌이기도 하다.

사람은 여자로 태어나지 않는다, 사람은 여자가 된다.

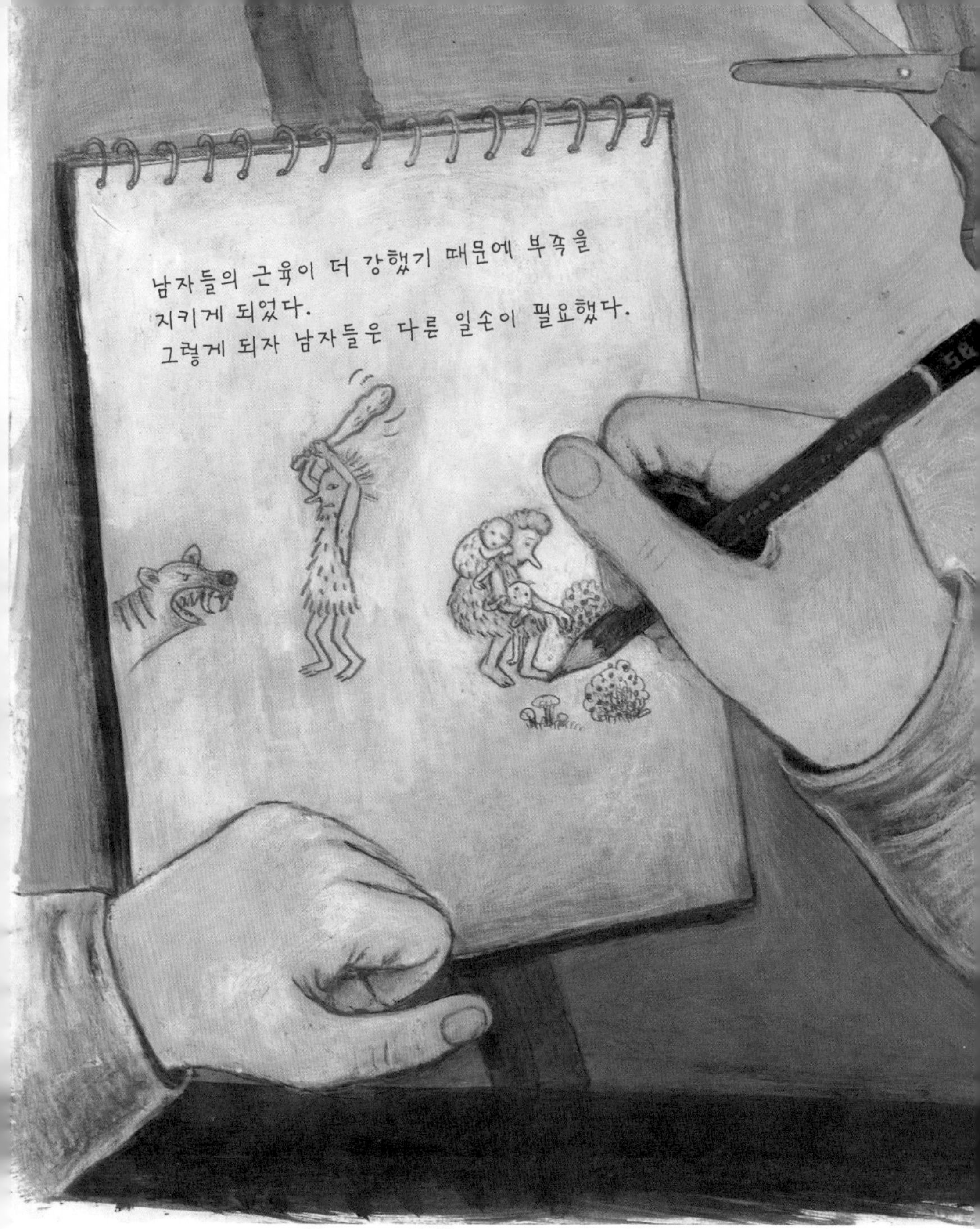

만화를 한 편 그리겠어.

여자들이 운반을 하게 되었다.
최초의 발명은 손가방이었다.
견과류
딸기
뿌리채소
처음부터 남자들은 새로운 것들을
시험할 시간과 가능성이 더 많았다.
앞서가야지.
출산과 함께할 수 있는 유일한 일
은 가사 노동이었다.
그럼 이제 나가서 세상을 발견하겠어.
그래요. 나는 남아서 불을 지킬게요.
하지만 알다시피 여자들이 생명을
낳았다. 삶과 죽음에 경의를. 땅은
사람이 먹고 살아가는 것 모두를
낳아 주었다. 엄마처럼!
여신

식량 경작을 깨치게 되자 정착 생활을 시작했다.

그리고 자기 몫보다 더 많이 갖기 위해 토지와 권력을 놓고 전쟁을 시작했다.

이제부터 남자들이 주도권을 가진다.

여자들은 권력을 잃고, 더는 상속받을 수 없으며…… 기타 등등.

가부장제가 적용되었다.
주님, 섭섭해요.
구약성경에서는 남신이 아담의 갈비뼈에서 하와를 만든다.
하와는 가련하고 무고한 아담에게 선악을 알게 하는 나무(선과 악의 지식의 나무, 양심의 나무)의 열매를 속여 먹게 한 죄를 지었다.
부끄러운 줄 알아야지! 특히 너 하와! 내 낙원에서 썩 나가!!
그리고 모든 여자들은 아이를 낳을 때 커다란 고통을 겪는 벌을 받을 것이야!
유명한 가부장제 신봉자 모세는 모두가 자신의 신(하느님)이 말한 대로 하지 않으면 큰일이라도 날 것처럼 굴었다.
내가 5분만 자리를 비워도 옛날 여신들을 다시 섬기기 시작할 놈들 같으니라고!
아버지를 공경하라, 주님을 두려워하라 기타 등등
아멘, 치우겠습니다.

세계는 대략 이렇게 나누어졌다.

여자들이 대부분의 악한 것을 대표하게 되었고
여성의 몸은 조금 위험해 보였다.

성경에서뿐만 아니라, 모든 영역에서 여자에게 권력을 잃을까 두려워했던 남자들은 월경을 아주 거슬리는 일이라 생각했다. 만일 남자가 "감염체"에 가까이 가면 음식은 썩을 수 있고, 가축은 죽을 수 있고, 기타 등등이라 믿었다.

수천 년 동안 이런 말을 들어왔다면 그 말에 조금이라도 영향을 받는 게 그리 이상하지는 않겠지?

남자들이 기록한 역사에는 유명한 여자들이 드물다. 여자들은 공부를 할 수 없었다.
예외:
몇몇 여왕(왕비)들과 수녀들
세상을 바꾸기 위해서는 세상에 참여해야 합니다. 만일 법적으로 누군가의 보호 아래 있어서 스스로에 대해 결정할 수 없다면 쉽지 않겠지만…….
이따금 상황은 조금 나았다.
서기 200년 콘스탄티노플의 학생
바이킹 시대 북유럽의 여성 상인
이따금 상황은 정말 나빴다.
17세기 유럽 "마녀 감별"
만일 저 여자가 물에 빠져 죽는다면 죄가 없고 천국에 갈 지어다. 만일 살아남는다면 저 여자는 마녀일 지어다. 그렇다면 우리는 저 여자를 화형에 처할 지어다!

사실 성경과 쿠란에는 좋은 말이 많이 있는 것 같다. 하지만 권력자들은 특히 여자들을 자기 밑에 두려고 옛 법과 규정을 써먹어 왔다.
여자들은 본당에서 조용히 있어야 하는 법.
?
결혼을 하지 않은 여자가 성관계를 갖는 것은 범죄였다.
죄인
죄인에게 씌우는 칼. 흔한 형벌
만일 신부가 순결하다면 첫날밤에 처녀막이 터질 거라고 사람들은 믿었다.
네 남편이 잠들었을 때 뿌릴 만한 닭 피를 좀 가지고 왔다.
고마워요, 엄마.
아침이 되면 피 묻은 침대보가 공개되었다.
선한 사람들, 이걸 보시오. 신부는 순결했다오!

경구 피임약은 아직 발명되지 않았다.

3
언니

아침마다 언니는 세 시간씩 화장을 한다. 속눈썹 올리는 뷰러까지 있다. 코에 여드름 하나라도 나면 밖에 나가지 않는다. 나는 언니를 방해하지 않고는 못 배기지만, 언니는 나한테 한 번도 화낸 적이 없다. 우리 언니는 너무 착해서 탈이다.

처음 남자와 잤을 때, 언니는 아무 말도 안 했다고 나한테 이야기했다. 그러니까 그 남자한테. 그 남자는 언니와 자고 싶어 했고 언니는 남자가 그렇게 하도록 내버려 두었다. “그럼 언니는 안 하고 싶었던 거야?” 내가 물었다. “걔가 하자는 대로 했을 뿐이야.” 언니가 답했다. 뭐? 대체 왜? 나는 하나도 이해가 안 간다.

언니의 전 남자친구는 완전 또라이였다. 엄마 아빠 없이 우리만 집에 있을 때면 언니와 그 또라이는 술을 마셨다. 그놈과 그놈만큼이나 밥맛없는 친구 놈은 여자들을 안줏거리 삼아 헛소리하기를 좋아했다. 한번 걸레는 영원히 걸레다, 같은 말들. 두 놈은 자기들이 지껄이는 재미없는 농담에 낄낄 웃어 댔다. 언니는 그 두 놈이 비웃어 대는 그런 여자들에 속했다. 그놈들에게 여자들이란 다 그런 부류였으니까.

두 놈이 지껄이는 말에 화가 나는 내가 이상한 건가? 하지만 어떤 면에서는 좋기도 하다. 앞뒤 재지 않고 솔직하게 내 생각을 털어놓게 되니까. 그럴 때면 속이 후련해진다. 하나도 안 부끄럽다.

"야, 이 멍청아!" 내가 말했다. "걸레라는 말이 무슨 뜻인지 알기나 해? 결혼 안 했는데 자식이 있는 사람이라는 뜻이야. 책에서 읽었거든. 너는 네가 되게 똑똑한 줄 알지?" 나는 작정한 듯 쏘아붙였다.

또라이가 소리를 내지르더니 순식간에 나를 덮치고 양 손목을 비틀었다. 나는 움직일 수가 없었다. 또라이에게 침을 뱉자 그대로 나에게 떨어졌다. 나는 똑바로 누워 있었으니까. 또라이는 언니를 데리고, 줄곧 옆에서 히죽거리던 친구 놈과 나가 버렸다.

바들바들 몸이 떨렸다. 화가 나서만이 아니었다. 그놈이 나를 아주 쉽게 넘어뜨렸다는 게 기분 나빴다. 힘이 더럽게 센 놈이다. 그런 또라이들과 맞붙을 다른 방법이 있어야 한다. 그놈은 내가 아는 인간 중에 제일 밥맛없었다. 아무리 생각해도 언니가 이해되지 않았다. 언니는 바보가 아니다. 근데 왜 그런 또라이들과 어울리지? 시스터, 책임감 있게 행동해! 섹스 때문에 그래? 자위, 라는 것도 있잖아. 클리토리스는 빙산의 일각에 지나지 않는다고 나는 읽었다.

어쨌든 지나간 이야기다. 지금 언니는 새 남자 친구 페테르와 죽고 못 산다. 둘이 붙어 있으면 정말 난처하다. 다들 보는데도 서로 물고 빠느라 정신없다.

"페테르가 내 이상형 같아." 언니가 말한다. 어련하겠어. 언니는 페테르에게 완전 꽂혀 있지만 페테르는 꼭 그렇지만은 않아 보인다. 페테르는 자기 친구들과 자기 일을 하는데 몰두하고, 언니는 가만히 기다린다.

언니는 엄마 아빠가 집에 없는 주말이 되면 우리끼리 텐트 치고 놀자고 나와 약속을 했다. 그래 놓고는 그때가, 페테르에게 전화하기 딱 좋은 타이밍이라고 생각했나 보다. "로사, 같이 가자. 페테르 집에 가서 자고 오는 거야." 언니가 말했다. 페테르 부모님은 아주 호화롭게 산다. 우리는 노천탕에서 스파도 할 수 있다. 죽여주는 주말이 될 거다. 그렇긴 해도, 나 혼자 집에 있어도 괜찮은데.

뭐, 노천탕이라는 말은 꽤 멋지게 들린다.

MOTELL

나는 위층에 앉아서 19금 영화를 봤다. 영화에는 여자의 성기까지 나왔지만 남자는 아무것도 나오지 않았다. 늘 이런 식이다. 기분이 별로였지만 끝까지 보기는 했다. 다 보고 나니까 후회가 밀려왔다. 잠이나 잘까 싶었는데 언니와 페테르가 음악을 더럽게 크게 틀어 놓았다. 똑같다, 줄곧 똑같다. 나는 베개 두 개 사이에 햄버거처럼 머리를 묻었지만 그래도 둘이 내는 소리가 들렸다. 남들과 다를 게 없었다. 둘은 완전히 다른 사람들로 탈바꿈이라도 하는 듯했다. 나는 안전을 위해 의자 하나를 문 앞에 놓았다. 텔레비전에서 그렇게 하는 것을 본 적 있었다.

다음 날 아침, 부엌에서 포테이토칩을 조금 먹었다. 바닥은 흘린 맥주 따위로 끈끈했다. 콜라도 좀 마실 생각이었는데 김이 다 빠져 있었고 컵에는 담배가 둥둥 떠다녔다. 슬그머니 밖으로 나갈 때, 거실 문은 열려 있었다. 나는 노천탕에서 흠뻑 젖은 샌드위치를 건져 냈다. 어쨌든 욕조 물은 따뜻했다.

엄마 아빠가 집에 돌아올 시간이다. 계단을 올라오는 엄마 발소리가 들린다. 아빠는 늘 하던 대로 엘리베이터를 타겠지. 나는 언니와 둘이 잘 있었다고 말할 테고. 어서 만화를 마무리해야겠다.

18세기 후
사람들은 신보다 **자연** 을 더 많이 믿기 시작한다.

사람들은 만물과 만인을 자연스러운 것/부자연스러운 것 아니면 정상적인 것/비정상적인 것으로 나누었다.

남성과 여성은 서로 다른 종이다시피 했다.

= 남성적:

강력함
이성
호전적
적극적(능동적)
논리적

= 여성적:

나약함
감성
보호적
소극적(수동적)
직관적

이러한 구분은
여성을 계속
불리하게 만드는
아주 좋은
방법이었다.

고작 100년 전, 유명하고 존경받는 남자들은
너무나 당연하다는 듯 예컨대 이렇게 말했다.

여성 노동자를 쓰려는 공장들이 생겼다. 여성 노동자들은
일을 잘했고, 임금이 저렴했으며, 무보수 노동에
익숙했다.

그러나 그들 중 아무도 자신이 처한 상황을
바꿀 수 없었다.

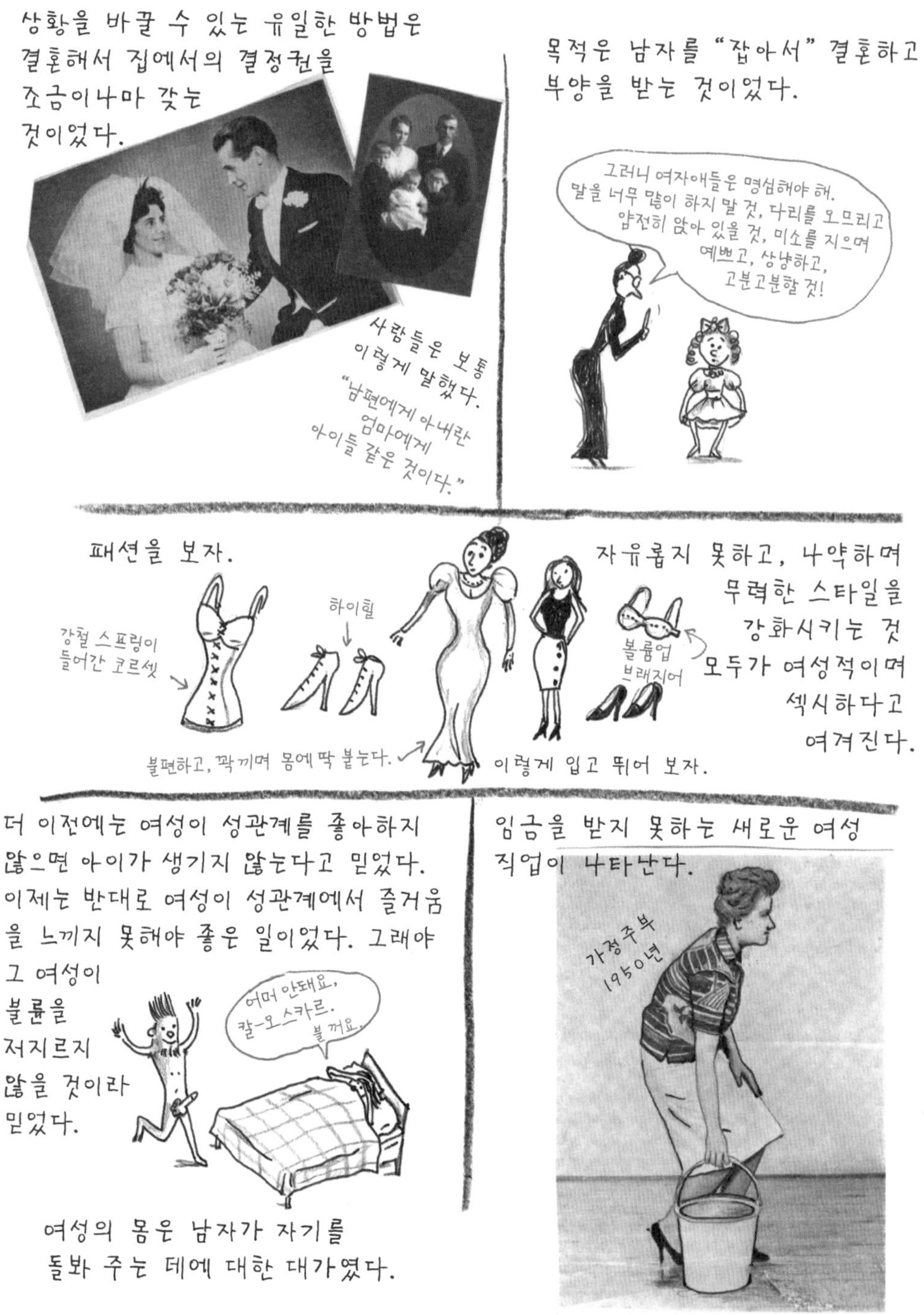
상황을 바꿀 수 있는 유일한 방법은 결혼해서 집에서의 결정권을 조금이나마 갖는 것이었다.
사람들은 보통 이렇게 말했다. "남편에게 아내란 엄마에게 아이들 같은 것이다."
목적은 남자를 "잡아서" 결혼하고 부양을 받는 것이었다.
그러니 여자애들은 명심해야 해. 말을 너무 많이 하지 말 것, 다리를 오므리고 얌전히 앉아 있을 것, 미소를 지으며 예쁘고, 상냥하고, 고분고분할 것!
패션을 보자.
강철 스프링이 들어간 코르셋
하이힐
볼륨업 브래지어
불편하고, 꽉 끼며 몸에 딱 붙는다.
이렇게 입고 뛰어 보자.
자유롭지 못하고, 나약하며 무력한 스타일을 강화시키는 것 모두가 여성적이며 섹시하다고 여겨진다.
더 이전에는 여성이 성관계를 좋아하지 않으면 아이가 생기지 않는다고 믿었다. 이제는 반대로 여성이 성관계에서 즐거움을 느끼지 못해야 좋은 일이었다. 그래야 그 여성이 불륜을 저지르지 않을 것이라 믿었다.
어머 안돼요, 칼-오스카르. 불 꺼요.
여성의 몸은 남자가 자기를 돌봐 주는 데에 대한 대가였다.
임금을 받지 못하는 새로운 여성 직업이 나타난다.
가정주부 1950년

옛날부터
지금까지 왜
이상형에 대한
이야기는 남자가
전제 군주라도
되는 듯 정서적
우위에 있게 하고,
여자는 계속
외모에 집착
하게끔 해서

패션 산업, 미용 산업과 연예 산업이
돈을 벌어들이게 만드는 걸까?

4

나는 죽을 지경이다

나를 가장 아프게 하는 게 뭘까?

부끄러움 같다. 빌레와 사귈 수도 있다는 속마음이 드러나는 것. 정말로 그럴 기회를 가졌던 사람인 양. 웃기기도 하지. 온 우주가 나를 비웃는다. 웃기는 꼬마 로사. 나는 뭘 믿었던 걸까?

정말 그랬다. 지난 금요일까지는. 하지만 그 후에는 고요하고 차갑다. 내 움직임은 물속에서처럼 무겁고 둔하다. 왜 이런 일이 일어날까? 나는 여전히 너무 작다. 더 이상 즐거울 게 없다.

"곧 네 시대가 올 거야." 엄마가 자주 하는 말이다. 하지만 내 시대는 바로 지금인데.

지난주, 이 세상은 지옥이었다.

여전히 밝았다. 배에 앉아 있던 빌레의 모습은 잠에서 깨어서도 잠을 잘 때도 머릿속에서 떠나질 않았다. 그때 내가 나였는지 다른 사람이었는지 여전히 모르겠지만.

2주 전 일이다. 빌레와 빌레 친구들 몇이 우리 쪽으로 다가왔다. 롤로와 파티마와 나, 우리 셋은 호숫가에 있었다. 나는 낡은 배를 향해 걸어갔다. 빌레가 나를 따라오는 게 느껴졌다. 다른 애들은 있던 자리에 남아 있었다.

나와 빌레는 배로 들어가 앉았다. 솜 같은 공기에 모든 소리가 흡수되었고 우리를 둘러싼 원 속에서 갈대가 빛났다. 나는 아무 말도 할 수 없었다. 빌레도 아무 말 없었다. 우리는 서로 쳐다볼 뿐이었다. 우리 사이에는 이를테면 부드러운 빛이 있었다. 감출 수 없는 빛이. 그럴 필요도 없었다. 나는 그저 나였고 그것으로 충분했다. 해는 옷을 뚫고 희미하게 온기를 전했다. 나는 우리가 거기 앉아 있었던 것이 30초였는지 30시간이었는지 알지 못했다. 자꾸 애들이 우리를 불러 대서, 더는 못 들은 척할 수 없었다.

쏴아아, 고속도로 쪽에서 다시 소리가 들려왔다.

배에서 일어나자 마법이 깨져 버렸다. 하지만 완전히는 아니었다. 빌레는 자기 친구들과 다시 무리 지어 떠나갔다. 다행이었다. 나는 더 이상 견디지 못했을 테니까. 좋은 기분을 누리는 게 이토록 어려운 일인가? 하지만 배에서 있었던 일은 그랬어도 괜찮다.

빌레는 보통 카페에서 시간을 보낸다. 그래서 지난주에 나는 매일같이 카페에 드나들었다. 롤로는 줄곧 출입문을 쳐다보는 내게 물었다. "누구 기다려?" 때마침 문이 열렸고, 빌레가 들어온다는 걸 알 수 있었다. 배에서 느꼈던 감정과 똑같았다.

하지만 일이 잘못되었다. 빌레는 여자애와 같이 있었다. 심장이 나를 쥐어박듯 세게 쿵쾅거렸다. 당장에라도 벗어나고 싶었지만 몸을 움직일 수 없었다. 만일 내가 밖으로 내달렸다면 다들 무슨 상황인지 짐작했을 테니까. 나는 아무도 눈치채지 못하게 아주 오랫동안 억지로 앉아 있었다.

두 다리가 나를 일으켜 세우더니 빠르게 걸어갔다. 너무 빨라서 하마터면 넘어질 뻔했다. 울음이 터져 나왔다. 두 다리는 집을 향해 계속 움직였다. 그렇지 않으면 내가 어디로 가야 했을까? 아무도 눈치채지 않기를 바랐지만 결국에는 다들 알아차리겠지. 그리고 웃겠지. 몸이 정확히 두 동강 난 것 같다.

끊어진 데가 여전히 아프다. 늑골 아래. 아픈 곳은 길을 하나 드러냈다. 나머지는 전부 태워 버렸다. 사악한 것이 안으로 계속 들어간다. 이제 빌레와 여자애의 모습이 눈앞에 그려진다. 여자애의 자부심 넘치는 얼굴, "나는 내가 원하는 건 전부 가질 수 있지. 그러니 알 게 뭐야." 그 애가 우회로에서 뭔가 발견한 듯 "어머, 지금 내가 로사 저 애를 죽여 버렸나 봐. 그렇지만 누가 신경 쓰겠어?"라고 무심하게 내뱉듯이.

하지만 그 여자애는 나를 모른다. 왜 내가 슬프다는 이유로 부끄러움을 느껴야 해? 정신 차려! 아니, 그럴 생각 없어. 잘못된 삶이 끝날 때까지 지금 내가 있는 곳에 누워 있어야지. 잠으로 덮어 버리자.

하늘을 나는 꿈을 꾸었다. 마치 헤엄치는 것 같았지만 그보다 더 쉬웠다. 팔을 내저을 때마다 나는 더 멀리 갔고 몸이 더 가벼워졌다.

5
여름 방학

나와 사촌들은 종업식 때 하얀색 드레스를 입기로 했다. 빌레는 학교를 졸업해서 이제 볼 일이 없다. 나는 다시 내 삶이 좋아졌다. 지난겨울, 호숫가에 사는 사촌들 집에 무척 가고 싶었다. 사촌들 개도 보고 싶었다. 동물한테는 이상한 점이 있다. 동물은 마음으로 느끼지 머리로 이해하지 않는다. 사파는 사람이 무엇을 느끼는지를 안다. 사람이 아는 방식과는 전혀 다른 방식으로. 사파는 냄새로 느끼는 것 같다. 만일 사람이 개를 닮았더라면 좀 더 재미있을 텐데.

호숫가에는 흰꼬리수리들도 있다. 흰꼬리수리들은 개와는 전혀 다른 방식으로 살아간다. 더욱 야생적이다. 사촌들은 지난여름보다 부쩍 성숙해졌다. 나는 유시 삼촌의 정원에서 저승사자 놀이와 반지의 제왕 놀이, 알몸으로 물놀이를 하며 정신 줄 놓고 놀던 때가 조금은 그립다.

그러나 시간이 좀 지나면 우리는 예전처럼 수영복을 벗어 던지고 정신 줄 놓고 놀 수가 있다.

그 일이 일어났다. 월경을 했다. 처음에는 속옷에 묻은 갈색 분비물을 발견하고 똥을 지렸나 싶었다. 하지만 나중에 빨간 피가 나왔다. 많지는 않았지만 진짜 빨간 피였다.

나는 무지 기뻐서, 뛰어다니며 모두에게 이 사실을 알렸다. "우리랑 똑같아졌구나." 사촌 마이아가 말했다. 내가 앉았던 자리, 하얀 소파에 붉은 얼룩이 남았다. 엄마가 바스락거리는 포장지로 감싼 초슬림 생리대를 건네자 그만 울음이 터져 나왔다.

어른이 되고 싶지 않다. 멋이라고는 하나도 없는 일 같다. 하지만 그 모든 것은 천천히 다가온다. 한꺼번에 그런 게 아니다.

흰꼬리수리 두 마리가 둥지를 틀었을 법한 오래된 전나무가 있는 숲 저 멀리에서 날고 있었다. 문득 흰꼬리수리로 사는 것이 어떤 기분인지 느껴 보고 싶었다. 흰꼬리수리의 울음소리를 흉내 냈다.

아악, 아악, 아아악, 나는 수면 위를 날았다. 아악, 아악, 아아악.

흰꼬리수리가 되었다는 상상에 몰두해 그중 한 마리가 다가오고 있다는 사실을 알아차리지 못했다. 텔레비전 자연 다큐멘터리에 나오는 것처럼 흰꼬리수리는 내 위를 곧게 휩쓸듯 날더니, 날갯짓 하나 없이 획 방향을 틀었다. 양 날개를 활짝 펴고 몸을 살짝 숙이고는 날아올 때와 마찬가지로 재빨리 숲을 향해 날아갔다.

월경을 축하하는 의미로 케이크를 만들자, 마이아의 생각은 이랬다. "몸이 순리를 따르는 건데 당연히 축하해야지." 이상한 얘기일 수도 있지만 나도 월경을 쉬쉬해야 할 일이라고는 생각하지 않는다. 하나도 부끄러울 일이 아니다. 만일 남자가 월경을 했다면 월경은 가장 성스러운 일이었을 거다.

우리는 스펀지케이크를 만들었다. 케이크 사이에 산딸기를 놓고 맨 위에 휘핑크림을 얹었다. 그러고 나서 산딸기를 으깨 월경혈처럼 만들었다.

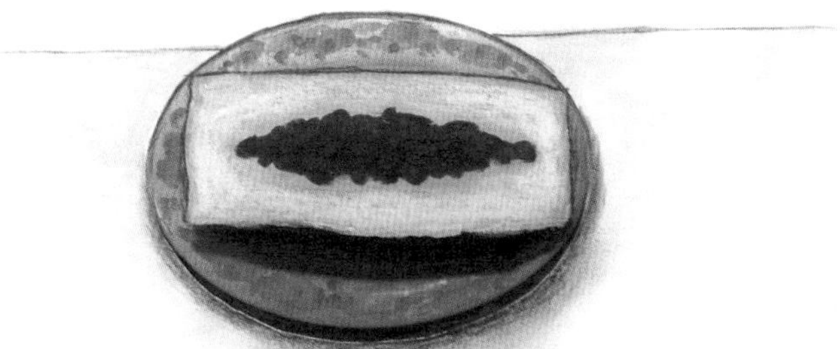

에필로그

8월이다. 곧 새 학년이 되고 생일을 맞는다.
은빛 새틴 침대보, 흰 레이스 브래지어와
새로운 색깔 펜을 선물로 받고 싶다.

나에 관한 연구

초판 1쇄 펴낸날 2017년 4월 28일
초판 6쇄 펴낸날 2024년 7월 18일

지은이 안나 회글룬드
옮긴이 이유진
펴낸이 홍지연

편집 홍소연 이태화 김선아 김영은 차소영 서경민
디자인 이정화 박태연 박해연 정든해
마케팅 강점원 최은 신종연 김가영 김동휘
경영지원 정상희 여주현

펴낸곳 (주)우리학교
출판등록 제313-2009-26호(2009년 1월 5일)
제조국 대한민국
주소 04029 서울시 마포구 동교로12안길 8
전화 02-6012-6094
팩스 02-6012-6092
홈페이지 www.woorischool.co.kr
이메일 woorischool@naver.com

ISBN 979-11-87050-25-4 43850

• 책값은 뒤표지에 적혀 있습니다.
• 잘못된 책은 구입한 곳에서 바꾸어 드립니다.